Les dix petits nègres

FichesdeLecture.com

Les dix petits nègres (Fiche de lecture)

I. INTRODUCTION

Dix petits nègres est un célèbre roman policier écrit par Agatha Christie. Publié pour la première fois en 1939, il est l'un des ouvrages les plus vendus au monde, et numéro un des romans policiers. Ses adaptations sont nombreuses, et sous de nombreuses formes : jeu vidéo, cinéma, télévision, théâtre…

En anglais, plusieurs titres existent : *Ten Little Indians, Ten Little Niggers, And Then There Were None*.

II. RÉSUMÉ DE L'ŒUVRE

Huit personnages qui ne se connaissent pas entre eux sont invités sur une île de la côte anglaise, l'Ile du Nègre, pour des raisons différentes. Vera Claythorne pense par exemple qu'elle a été engagée comme secrétaire ; Philip Lombard, et William Blore pensent qu'ils viennent pour assurer la surveillance des lieux durant le week-end ; quant au Docteur Armstrong, il a compris qu'il venait s'occuper de la femme du propriétaire des lieux. Emily Brent, le Général MacArthur, Tony Marston et le juge Wargrave estiment simplement qu'ils viennent rendre visite à de vieux amis, sans pour autant se souvenir clairement de qui il s'agit.

Lorsqu'ils parviennent sur l'île, les invités sont accueillis par M. et Mme Rogers, le couple de majordomes, qui leur apprennent alors que leur hôte, un dénommé M. Owen, n'arrivera que le jour suivant. Le même soir, alors que tous les invités sont réunis après un excellent dîner, ils entendent une voix enregistrée sur un gramophone qui les accuse chacun d'un meurtre particulier commis par le passé, et jamais révélé. À ce moment-là, chacun des membres du petit groupe sort sa lettre d'invitation et se rend compte que personne, y compris les domestiques, ne connaît en fait M. Owen. Cela laisse entrevoir un plan étrange qui comprenait le fait de les réunir ici...

Que faire, dès lors ? Tony Marston, en pleine discussion, meurt empoisonné par son verre de whisky. Choqués et terrifiés, tous les personnages vont se coucher, avec en tête une certaine culpabilité et la pensée de leurs fautes passées. Vera Claythorne établit un parallèle entre la mort de Marston et le premier couplet d'une comptine accrochée dans chaque chambre, « Dix Petits Nègres », originellement « Dix Petits Indiens » :

« Dix petits nègres s'en allèrent dîner.
L'un d'eux but à s'en étrangler,
N'en resta plus que neuf. »

Le lendemain matin, on découvre que Mme Rogers est morte pendant son sommeil. Les invités décident de partir, mais le bateau ne vient pas. Lombard, Armstrong et Blore estiment que ces deux décès sont des meurtres, et se décident à explorer l'île pour trouver le mystérieux M. Owen, en vain. L'aîné de la troupe, le Général, est persuadé qu'il va mourir et part contempler la mer. Juste avant le déjeuner, le Docteur Armstrong le trouve mort, d'un coup de hache dans la tête.

Tout le monde se réunit pour parler de la situation. Ils estiment que l'un d'entre eux est forcément le meurtrier. On s'échange de vagues accusations, mais le Juge intervient pour rappeler que tous les indices, jusque-là, peuvent accuser n'importe lequel d'entre eux. Le reste de la journée se déroule dans une atmosphère étrangement calme, et tous partent se coucher, tout en prenant soin de s'enfermer dans leur chambre. Le lendemain, on découvre que Rogers a été assassiné alors qu'il coupait du bois. Encore une fois, le meurtre correspond à un couplet de la comptine, et l'on comprend alors que les assassinats vont suivre ce schéma. D'ailleurs, les invités voient que la table où ils mangent à chaque fois comportait à l'origine dix figurines, et que plusieurs d'entre elles ont disparu consécutivement à chaque meurtre.

Emily Brent a la tête qui tourne après le petit déjeuner, et elle reste seule à table quelques instants. On la retrouve morte par du poison injecté dans le cou. Le juge Wargrave décide alors de fouiller les affaires de tout le monde, et tout ce qui pourrait être utilisé comme une arme est confisqué.

Les invités se regardent en chiens de faïence, échangeant en permanence des regards suspicieux. Vera quitte l'assemblée pour aller se laver, mais elle surprise par de l'algue qui pend de son plafond, et pousse un cri aigu. Borde, Lombars et Armstrong veulent l'aider, mais dès qu'ils redescendent, ils retrouvent le juge Wargrave enveloppé dans un rideau similaire à une robe de Court, et portant une marque rouge au front. Il a été tué d'une balle dans la tête...

Pendant la nuit, on entend des pas dans le hall. Blore va voir ce qu'il se passe et ne trouve pas Armstrong dans sa chambre... Il part à sa recherche, accompagné de Lombard, mais il reste introuvable, et ce sur toute l'île. À leur retour, une figurine de plus manque à la table...

Alors que plusieurs invités préfèrent rester dehors par souci de sécurité, Blore retourne dans la demeure pour récupérer de la nourriture. Vera et Lombard entendent alors, depuis l'extérieur, un bruit de fracas important : une masse vient de tomber de l'étage, tuant Blore alors qu'il s'approchait de la maison. Quelqu'un a dû la pousser dans le vide.

Tous deux se réfugient alors près du rivage, où ils retrouvent le cadavre d'Armstrong, noyé et échoué sur la plage. Vera pense que Lombard est le tueur : elle lui dérobe son pistolet et lui tire dessus, puis part se reposer dans sa chambre.

Lorsqu'elle y parvient, elle tombe sur un noeud coulant, et se pend elle-même en pensant au dernier couplet de la comptine :

« Un petit nègre se retrouva tout esseulé,
Se pendre il s'en est allé.
N'en resta plus... du tout. »

Il faudra un manuscrit dans une bouteille pour que le mystère se dévoile peu à peu. Dans cette lettre, le juge Wargrave avoue qu'il a tout planifié afin de punir tous ceux dont les crimes n'ont pas été punis par la loi. Il confesse aussi un véritable plaisir sadique à torturer et punir ceux qui ne l'ont pas été. Un médecin lui ayant annoncé qu'il était atteint d'une maladie incurable, Wargrave a décidé de ne pas s'en aller ainsi et d'organiser sa machination. Puis il détaille la manière dont il s'y est pris pour chacun, avec un ordre dans la culpabilité dont ils ont fait preuve. De plus, Wargrave a piégé Armstrong pour qu'il l'aide à falsifier sa propre mort (afin de brouiller les pistes, officiellement, pour mieux trouver un coupable), avant de prévoir de se tirer lui-même dessus pour que 10 cadavres soient retrouvés sur l'île déserte...

III. PRÉSENTATION DES PERSONNAGES PRINCIPAUX

Vera Claythorne

Jeune professeur et ancienne gouvernante, suite à une histoire d'héritage manqué, Vera est soupçonnée d'avoir laissé un jeune garçon (Cyril) se noyer pour récupérer la fortune de son oncle.

C'est une assez belle femme et l'un des personnages les plus intelligents de l'histoire. Elle est parfois victime de crises d'hystérie, et peut ressentir de la culpabilité face à son passé.

Juge Wargrave

Wargrave est à l'origine de toute l'histoire et des meurtres sur l'Ile aux Nègres. Si en surface il est calme et réfléchi, en réalité c'est un manipulateur assoiffé de vengeance et de sang. Il a déjà condamné un homme à la pendaison.

Mais lorsque l'on fait le bilan des personnages, on s'aperçoit que le juge Wargrave est le seul à ne jamais avoir tué de personne innocente.

Emily Brent

Emily Brent a environ 65 ans. C'est une femme très religieuse (elle cite fréquemment la Bible), sévère, austère, passionnée de tricot. Elle est suspectée d'avoir poussé une ancienne domestique au suicide.

Philip Lombard

Cet homme est un mercenaire et s'apparente à une sorte de bête sauvage, car il est doté d'une force et d'un instinct hors du commun (ainsi que d'un révolver chargé...). Il est suspecté d'avoir laissé des hommes mourir dans la jungle lors d'une mission, probablement en Afrique.

Docteur Armstrong

Edward Armstrong est un célèbre médecin, que l'on suspecte toutefois d'avoir tué une patiente en l'opérant alors qu'il était ivre. C'est un homme timide et naïf, qui ne parvient pas à se détacher des apparences chez les gens.

Blore

Blore est un ancien policier corrompu, désormais à la tête d'une équipe de détectives privés. Lorsqu'il débarque, il se fait d'abord appeler M. Davis, avant que sa véritable identité ne soit découverte grâce à l'enregistrement sur le gramophone. On le suspecte d'avoir conduit à l'arrestation d'un homme et à sa mort pendant sa peine suite à un faux témoignage.

Général Macarthur

Cet ancien général est un homme déjà âgé. Pour sa part, il est suspecté d'avoir envoyé l'amant de sa femme vers une mort certaine en le poussant en reconnaissance vers l'ennemi.

Anthony Marston

Le jeune homme a tout pour lui : il est beau, riche, athlétique ; mais son attraction pour la vitesse l'a conduit à tuer deux enfants en voiture, sans qu'il n'éprouve de remords.

Ethel et Thomas Rogers

Tous deux ont été engagés par une certaine Mme O'Nyme, pour servir sur l'île. Ethel est la cuisinière et une femme angoissée, ce que la mort de Marston aggrave. Quant à Thomas, il est lui aussi suspecté de négligence chez leur employeuse précédente. Il reste fidèle et efficace, même après le décès de sa femme et la succession d'assassinats.

IV. AXES D'ANALYSE

Le travail de culpabilisation

La base de l'ouvrage est la suivante : tous les personnages réunis sur l'île ont commis un crime pour lequel ils n'ont pas été punis. Une autre approche vient se combiner à cette dimension : celle du ressenti ou non de sentiments de remords.

Cela permet à l'auteur de s'intéresser à la manière dont chacun gère sa propre culpabilité, sa propre conscience. La voix révèle les crimes, puis les personnages révèlent la manière dont ils gèrent leur passé.

On distingue alors plusieurs réactions :

- ceux qui clament haut et fort qu'ils n'ont rien fait : ceux-là, dans le roman, sont les plus torturés dans leur for intérieur (par exemple, le docteur Armstrong fait des cauchemars)
- ceux qui reconnaissent leur(s) crime(s) mais se trouvent des excuses ou des raisons, ou tout simplement ne s'en soucient pas. Là, on peut donner à titre d'exemple Marston et Lombard.

Là où l'analyse se complique, c'est lorsque intervient le choix de Wargrave en matière de meurtres. Il semble choisir un ordre de gravité pour exécuter son plan.

Or l'on s'aperçoit finalement que le fait de survivre en dernier n'est pas lié à la question de la culpabilité personnelle : ainsi, les deux derniers à survivre sont Vera et Lombard. Or si la première est rongée par son passé, Lombard, lui, ne ressent aucun remords.

La chanson

La comptine affichée dans chaque chambre de la demeure rythme à la fois la conscience des personnages torturés, et l'ordre des meurtres. Plusieurs traductions françaises sont possibles, très similaires toutefois. En voici une, qui respecte bien la chronologie des meurtres :

« Dix petits nègres s'en allèrent dîner.
L'un d'eux but à s'en étrangler,

N'en resta plus que neuf.

Neuf petits nègres veillèrent très tard.
L'un d'eux oublia de se réveiller,
N'en resta plus que huit.

Huit petits nègres voyagèrent dans le Devon.
L'un d'eux voulut y demeurer,
N'en resta plus que sept.

Sept petits nègres fendirent du petit bois.
L'un d'eux se coupa ma foi,
N'en resta plus que six.

Six petits nègres rêvassaient au rucher,
Une abeille l'un d'eux a piqué,
N'en resta plus que cinq.

Cinq petits nègres étaient avocats à la cour,
L'un d'eux finit en haute cour
N'en resta plus que quatre.

Quatre petits nègres se baignèrent au matin,
Poisson d'avril goba l'un
N'en resta plus que trois.

Trois petits nègres s'en allèrent au zoo,
Un ours de l'un fit la peau
N'en resta plus que deux.

Deux petits nègres se dorèrent au soleil,
L'un d'eux devint vermeil
N'en resta donc plus qu'un.

Un petit nègre se retrouva tout esseulé,
Se pendre il s'en est allé.
N'en resta plus... du tout. »

Cette comptine est tirée de la véritable chanson *Ten Little Niggers,* écrite par Frank Green en 1869, et elle-même adaptée d'une chanson de l'année précédente, *Ten Little Indians,* de Winner.

Dans la même collection en numérique

- 12 -

Les Misérables
Le messager d'Athènes
Candide
L'Etranger
Rhinocéros
Antigone
Le père Goriot
La Peste
Balzac et la petite tailleuse chinoise
Le Roi Arthur
L'Avare
Pierre et Jean
L'Homme qui a séduit le soleil
Alcools
L'Affaire Caïus
La gloire de mon père
L'Ordinatueur
Le médecin malgré lui
La rivière à l'envers - Tomek
Le Journal d'Anne Frank
Le monde perdu
Le royaume de Kensuké
Un Sac De Billes
Baby-sitter blues
Le fantôme de maître Guillemin
Trois contes
Kamo, l'agence Babel
Le Garçon en pyjama rayé
Les Contemplations

Escadrille 80

Inconnu à cette adresse

La controverse de Valladolid

Les Vilains petits canards

Une partie de campagne

Cahier d'un retour au pays natal

Dora Bruder

L'Enfant et la rivière

Moderato Cantabile

Alice au pays des merveilles

Le faucon déniché

Une vie

Chronique des Indiens Guayaki

Je voudrais que quelqu'un m'attende quelque part

La nuit de Valognes

Œdipe

Disparition Programmée

Education européenne

L'auberge rouge

L'Illiade

Le voyage de Monsieur Perrichon

Lucrèce Borgia

Paul et Virginie

Ursule Mirouët

Discours sur les fondements de l'inégalité

L'adversaire

La petite Fadette

La prochaine fois

Le blé en herbe

Le Mystère de la Chambre Jaune

Les Hauts des Hurlevent

Les perses

Mondo et autres histoires

Vingt mille lieues sous les mers

99 francs

Arria Marcella

Chante Luna

Emile, ou de l'éducation
Histoires extraordinaires
L'homme invisible
La bibliothécaire
La cicatrice
La croix des pauvres
La fille du capitaine
Le Crime de l'Orient-Express
Le Faucon malté
Le hussard sur le toit
Le Livre dont vous êtes la victime
Les cinq écus de Bretagne
No pasarán, le jeu
Quand j'avais cinq ans je m'ai tué
Si tu veux être mon amie
Tristan et Iseult
Une bouteille dans la mer de Gaza
Cent ans de solitude
Contes à l'envers
Contes et nouvelles en vers
Dalva
Jean de Florette
L'homme qui voulait être heureux
L'île mystérieuse
La Dame aux camélias
La petite sirène
La planète des singes
La Religieuse
1984 A l'Ouest rien de nouveau
Aliocha
Andromaque
Au bonheur des dames
Bel ami
Bérénice
Caligula
Cannibale
Carmen

Chronique d'une mort annoncée
Contes des frères Grimm
Cyrano de Bergerac
Des souris et des hommes
Deux ans de vacances
Dom Juan
Electre
En attendant Godot
Enfance
Eugénie Grandet
Fahrenheit 451
Fin de partie
Frankenstein
Gargantua
Germinal
Hamlet
Horace
Huis Clos
Jacques le fataliste
Jane Eyre
Knock
L'homme qui rit
La Bête humaine
La Cantatrice Chauve
La chartreuse de Parme
La cousine Bette
La Curée
La Farce de Maitre Pathelin
La ferme des animaux
La guerre de Troie n'aura pas lieu
La leçon
La Machine Infernale
La métamorphose
La mort du roi Tsongor
La nuit des temps
La nuit du renard
La Parure

La peau de chagrin
La Petite Fille de Monsieur Linh
La Photo qui tue
La Plage d'Ostende
La princesse de Clèves
La promesse de l'aube
La Vénus d'Ille
La vie devant soi
L'alchimiste
L'Amant
L'Ami retrouvé
L'appel de la forêt
L'assassin habite au 21
L'assommoir
L'attentat
L'attrape-coeurs
Le Bal
Le Barbier de Séville
Le Bourgeois Gentilhomme
Le Capitaine Fracasse
Le chat noir
Le chien des Baskerville
Le Cid
Le Colonel Chabert
Le Comte de Monte-Cristo
Le dernier jour d'un condamné
Le diable au corps
Le Grand Meaulnes
Le Grand Troupeau
Le Horla
Le jeu de l'amour et du hasard
Le Joueur d'échecs
Le Lion
Le liseur
Le malade imaginaire
Le Mariage de Figaro
Le meilleur des mondes

Le Monde comme il va

Le Parfum

Le Passeur

Le Petit Prince

Le pianiste

Le Prince

Le Roman de la momie

Le Roman de Renart

Le Rouge et le Noir

Le Soleil des Scortas

Le Tartuffe

Le vieux qui lisait des romans d'amour

L'Ecole des Femmes

L'Ecume Des Jours

Les Bonnes

Les Caprices de Marianne

Les cerfs-volants de Kaboul

Les contes de la Bécasse

Les dix petits nègres

Les femmes savantes

Les fourberies de Scapin

Les Justes

Les Lettres Persanes

Les liaisons dangereuses

Les Métamorphoses

Les Mouches

Les Trois mousquetaires

L'étrange cas du Dr Jekyll et de Mr Hyde

L'Ile Au Trésor

L'île des esclaves

L'illusion comique

L'Ingénu

L'Odyssée

L'Ombre du vent

Lorenzaccio

Madame Bovary

Manon Lescaut

Micromégas

Mon ami Frédéric

Mon bel oranger

Nana

Ne tirez pas sur l'oiseau moqueur

Notre-Dame de Paris

Oliver twist

On ne badine pas avec l'amour

Oscar et la dame rose

Pantagruel

Le Misanthrope

Perceval ou le conte du Graal

Phèdre

Ravage

Roméo et Juliette

Ruy Blas

Sa Majesté des Mouches

Si c'est un homme

Stupeur et tremblements

Supplément au voyage de Bougainville

Tanguy

Thérèse Desqueyroux

Thérèse Raquin

Ubu Roi

Un Barrage contre le Pacifique

Un long dimanche de fiançailles

Un secret

Vendredi ou la vie sauvage

Vipère au poing

Voyage au bout de la nuit

Voyage au centre de la terre

Yvain ou le Chevalier au lion

Zadig

À propos de la collection

La série FichesdeLecture.com offre des contenus éducatifs aux étudiants et aux professeurs tels que : des résumés, des analyses littéraires, des questionnaires et des commentaires sur la littérature moderne et classique. Nos documents sont prévus comme des compléments à la lecture des oeuvres originales et aide les étudiants à comprendre la littérature.

Fondé en 2001, notre site FichesdeLectures.com s'est développé très rapidement et propose désormais plus de 2500 documents directement téléchargeables en ligne, devenant ainsi le premier site d'analyses littéraires en ligne de langue française.

FichesdeLecture est partenaire du Ministère de l'Education du Luxembourg depuis 2009.

Plus d'informations sur www.fichesdelecture.com

ISBN: 978-2-511-02899-5

Notes :